Herbert Somplatzki

Der gelbe Spatz

Mit Bildern von Thomas Buttkus

Die Deutsche Bibliothek – CIP-Einheitsaufnahme

Somplatzki, Herbert:
Der gelbe Spatz / Herbert Somplatzki. – München :
F. Schneider, 1992
  ISBN 3-505-04689-2

© 1992 by Franz Schneider Verlag GmbH
Frankfurter Ring 150 · 8000 München 40
Alle Rechte vorbehalten
Titelbild und Illustrationen: Thomas Buttkus
Umschlaggestaltung: Heinz Kraxenberger
Lektorat: Helga Jokl
Herstellung: Gabi Lamprecht
Satz: FIBO Lichtsatz GmbH, München, 16˙ Garamond
Druck: A. Huber GmbH & Co. KG, München
ISBN: 3-505-04689-2

Tschilp machte heute seinen ersten Ausflug. Zum ersten Mal flog er ganz alleine. Noch nie war er so weit vom Nest weggeflattert. Gerade hatte Tschilp so zehn, elf Flügelschläge gemacht, als er einen gelben Fleck in der alten Buche entdeckte. Er schaute genau hin,

und da sah er einen gelben Vogel sitzen. Schon landete Tschilp vor dem fremden Vogel.
„Wie siehst du denn aus? Du bist ja ganz und gar und total gelb!"
Der gelbe Vogel saß da und ließ seine Flügel müde hängen.
Er antwortete nicht.

Tschilp flatterte noch ein
Stückchen näher.
Er wiederholte seine Frage.
Aber auch jetzt sagte der gelbe
Vogel keinen einzigen Ton.
„Hei", zwitscherte Tschilp
schließlich ziemlich laut, „hei,
kannst du nicht hören?"

Da hob der gelbe Vogel langsam
seinen Kopf und sagte leise:
„Doch."
Tschilp rückte noch ein Stückchen
näher: „Sag mal, wie heißt du
eigentlich?"
„Ich heiße Hansi", sagte der fremde
Vogel.
„Wie heißt du?" Tschilp rückte
noch etwas näher und flatterte mit
seinen Flügeln. „Hansi? Das gibt's
doch nicht! Hansi, das ist ein
wirklich komischer Name!"
„Wieso?" fragte der fremde Vogel,
der Hansi hieß.
„Na, bei uns in der Familie,
da heißen wir Tschilp, Tschalp,
Tschulpi und so weiter!"

„Und das findest du nicht komisch?" fragte der gelbe Vogel.
„Was soll denn an Tschilp, Tschalp und Tschulpi so komisch sein?" meinte Tschilp.
„Was soll an Hansi so komisch sein?" fragte der gelbe Vogel.

„Ach, lassen wir das", sagte Tschilp und hüpfte etwas verlegen auf dem Ast herum.

Und nach einer Pause, in der er sich den gelben Vogel genau besah, fragte er: „Sag mal, warum sitzt du eigentlich so ganz allein auf diesem Ast herum?"

„Weil ich so müde bin", sagte der gelbe Vogel. „Ich bin sehr, sehr müde!"

Dann erzählte Hansi, daß er einen ganzen Tag und eine ganze Nacht herumgeflogen war. Kreuz und quer, hin und her. So lange, bis er nicht mehr weiterkonnte.

„Ich war mein Leben lang in einem Käfig eingesperrt", sagte Hansi.

„Und gestern stand auf einmal
die Tür ganz weit offen. Da bin ich
weggeflogen, auf und davon!

Aber weil ich in meinem Käfig
das Fliegen nicht richtig üben
konnte, fiel es mir sehr, sehr
schwer! Und jetzt bin ich sehr
müde!"
„Das ist ja eine tolle Geschichte!"
rief Tschilp. Und schon stürzte er
sich vom Ast und flatterte davon.
Als er wiederkam, trug er eine
dicke Pommes im Schnabel.
„Da", sagte Tschilp mit vollem
Schnabel und hielt Hansi die
Pommes hin, „die Hälfte davon
gehört dir!"
Hansi zog seinen Schnabel zurück.
Es sah aus, als hätte er vor der
Pommes Angst.
Tschilp war so überrascht, daß er

beinahe die Pommes fallen ließ!
„Was ist denn mit dir los?" fragte
er. „So eine leckere Pommes gibt
es nicht alle Tage!"
„Ich mag keine Pommes", sagte
Hansi. „Und ich habe auch noch
nie welche gefressen!"
„Du hast noch nie Pommes

gefressen?" Tschilp sah aus wie ein lebendiges Fragezeichen. „Ja, was hast du denn gefressen?"
„Ich habe immer nur Vogelfutter aus der Tüte bekommen", sagte Hansi, „jeden Tag dasselbe, immer zur gleichen Zeit – und immer in gleich großen Portionen."
„Jeden Tag dasselbe? Und das immer zur gleichen Zeit?" rief nun der kleine Spatz. „Das ist ja fürchterlich!"
„Ich fand das gar nicht so fürchterlich", sagte Hansi. „Im Käfig eingesperrt zu sein, fand ich viel fürchterlicher!"
Inzwischen hatte Tschilp seine Pommes verspeist.

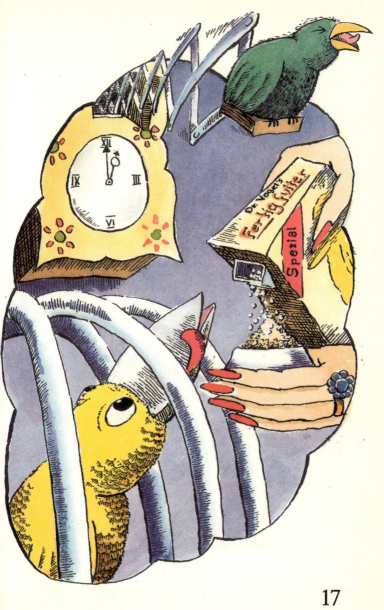

Hansi schaute Tschilp ganz traurig an. „Ich habe sehr großen Hunger", sagte er dann leise. „Wirklich! Aber Pommes fressen kann ich nicht."
„Komm, wir fliegen nach Hause", rief nun Tschilp. „Meine Mama weiß immer, wie man aus der Klemme kommt!"
Dann flatterten die beiden zu der Hecke, in der Tschilps Spatzenfamilie ihr Nest hatte.

„Das ist Hansi", sagte Tschilp, als sie zu Hause ankamen. „Er ist mein neuer Freund und mag keine Pommes."

„Was?" rief Tschulpi, seine Schwester.

„Mag er ehrlich nicht." Tschilp schüttelte den Kopf. „Hab ich doch selbst erlebt."

„Eine echte Pommes?" fragte Tschulpi staunend.

„Klar, ganz echt und ganz fett!" sagte Tschilp. „Hab ich selber gefunden!"

„Ich höre nur Pommes", piepste nun Tschalp, der Spatzenbruder, „mmhhhmm, lecker-lecker!"

Tschalp setzte sich zu ihnen.

Er war eine Viertelstunde früher als Tschilp aus dem Ei gekrochen und fast zehn Minuten eher als Tschulpi. Und darauf bildete er sich furchtbar viel ein!
Tschalp, den sie in der Spatzenschule Pommes nannten, war ziemlich dick. Und wo sie auch herumflatterten, Tschalp wußte immer den kürzesten Weg zur Pommesbude!
„Was habt ihr da für einen komischen Vogel", rief Vater Spatz, der gerade angeflogen kam. „Sag mal, bist du in einen Eimer mit gelber Farbe gefallen?"
„Der ist echt so, Papi", piepste Tschilp.

Und Tschulpi meinte: „Und er mag keine Pommes!"
„Das ist ein Körnerfresser!" sagte Tschalp.
„Bei uns wird gefressen, was vor den Schnabel kommt", rief Vater Spatz. „Wir können keine Ausnahmen machen!"

Hansi war ganz traurig. „Aber ich kann doch nur fertiges Vogelfutter essen", meinte er. „Ich habe noch nie was anderes bekommen! Und jetzt bin ich sehr, sehr hungrig!" In diesem Augenblick kam die Spatzenmutter angeflogen. „Was ist denn hier los!" fragte sie. „Ich suche und suche unser Essen

zusammen – und meine Familie sitzt herum und quatscht!"
„Ich habe einen neuen Freund mitgebracht", sagte Tschilp. „Und der heißt Hansi."
„Das ist ein komischer Name", rief die Spatzenmutter. „Na, macht nichts, an Namen kann man sich gewöhnen!"
„Er ist ein Körnerfresser", bemerkte Tschalp. „Ein Körnerfresser weiß alles besser!"
„Das mußt gerade du sagen!" meinte die Spatzenmutter. Dann drehte sie sich wieder zu Hansi hin und zwitscherte: „Mach dir nichts daraus, mein Sohn Pommes piepst manchmal etwas zuviel!"

Sie sah sich den fremden Vogel
nun etwas genauer an. „Du siehst
mir für einen Spatzen ein wenig zu
gelb aus", meinte sie nachdenklich.
„Aber Farbe ist Farbe, und Vogel
ist Vogel! Also: du kannst bei uns
bleiben!"
„Futter suchen mußt du dir aber
alleine!" meinte nun Vater Spatz
und flog davon.
„Komm mit", sagte da Tschulpi,
die Spatzenschwester. „Wir fliegen
zum Schulhof. Dort ist gerade
große Pause, und da gibt's jede
Menge Krümel!"
„Und Pommes mit Majo!" rief
Tschalp.
Dann flatterten sie gemeinsam los.

Am nächsten Morgen wollten die Spatzenkinder zur Spatzenschule fliegen.
„Und vergeßt den Hansi nicht", rief die Spatzenmutter. „Der Hansi gehört jetzt zur Familie."
Sie flatterten los. Als sie in der Spatzenschule ankamen, waren die anderen Spatzenkinder schon da.
„Was ist denn das für einer", piepste ein kleines Spatzenmädchen. „Der ist ja ganz gelb, igittigitt!"
Die anderen Spatzenkinder lachten. Gerade wollte Tschilp etwas sagen, da kam ihre Zwitscherlehrerin angeflogen, denn heute hatten sie Gesangunterricht.

„Was sehen meine empfindlichen Augen?" sagte die Zwitscherlehrerin. „Oder ist das nicht wahr?" Und sie zeigte mit ihrem Schnabel auf Hansi.
„Sie sehen ganz richtig, Frau Trillerpfeife", sagte Tschilp.
„Das ist Hansi. Er lebte früher in einem Käfig und wohnt jetzt bei uns in der Hecke."
„Na gut, wenn das so ist", meinte Frau Trillerpfeife und breitete ihre Notenblätter aus.
„Doch bevor ich anfange", zwitscherte sie dann, „möchte ich unseren gelben Freund mal singen hören. Womöglich hat er eine ganz unmögliche Stimme und stört

unseren schönen Zwitscher-
unterricht!"
Nun müßt ihr wissen, daß die
Zwitscherlehrerin Frau Trillerpfeife
ziemlich ehrgeizig war. Immer
wieder hatte sie mit ihren Schülern
am großen Wettsingen der Vögel
teilgenommen.
Doch nie hatten sie gewonnen.
Noch nie! Zwar war ihr
Spatzenchor immer der lauteste
gewesen. Ehrlich! Aber nicht der
lauteste, sondern der schönste
Gesang zählte. Und damit hatte es
bei den Spatzenkindern eben nie
so richtig geklappt.
Frau Trillerpfeife ließ jetzt Hansi
vorsingen.

Als er anfing, kicherten und piepsten die Spatzenkinder noch. Doch schon nach den ersten drei Trillern waren sie still.
Und Hansi sang und sang. Er sang ein so wunderschönes Lied, wie es die Spatzenkinder noch nie gehört hatten!

Sie lauschten so gespannt, daß sie dabei sogar vergaßen, miteinander zu zwitschern. Und das will bei echten Spatzen schon was heißen! Kaum hatte Hansi sein Lied zu Ende gesungen, da rief die Zwitscherlehrerin: „Und jetzt das Ganze noch einmal mit Chor!" Alle Spatzenkinder, sogar das

Spatzenmädchen, das vorhin „igittigitt" gerufen hatte, sangen nun aus Leibeskräften mit! Als das Lied zu Ende war, sagte Frau Trillerpfeife nachdenklich: „Kinder, ich glaube, wenn wir uns anstrengen, werden wir diesmal beim Wettsingen nicht wieder die letzten sein!"

Das große Wettsingen fand am
nächsten Sonntag statt. Aus allen
Richtungen waren die Vögel in den
alten Stadtpark geflattert. Es war
ein Zwitschern und Trillern und
Pfeifen und Singen, wie man es
sonst nie zu hören bekam.
Die Vögel saßen in den Ästen
der alten Bäume und übten.
Amsel, Drossel, Fink und Star.
Rotkehlchen, Braunkehlchen,
Dompfaffen, Blaumeisen, Lerchen,
Zaunkönige, Kiebitze, Schwalben –
und natürlich auch Spatzen,
das ist doch klar! Auf einmal rief
der Kuckuck: „Kuckuck!" Er rief
so laut, daß es alle hörten – und
alle hielten sofort den Schnabel.

Als erster sang der Amselchor,
denn die Vögel sangen in der
Reihenfolge des Alphabets.
Jedesmal wenn ein Vogelchor sein
Lied beendet hatte, klatschten die
Zuhörer mit den Flügeln Beifall.
Und der Kuckuck, den die Vögel
zu ihrem Schiedsrichter gemacht
hatten, rief dann ganz laut:
„Kuckuck!"

Je mehr Vögel Beifall klatschten, desto öfter rief er „Kuckuck!" Und der Vogelchor, bei dem er am meisten „Kuckuck" rief, wurde Sieger. Darauf hatten sich die Vögel geeinigt. Ganz einfach, nicht wahr?

Als die Spatzen an der Reihe waren, hörten die meisten anderen Vögel überhaupt nicht zu. „Ach, diese Spatzen", dachten sie, „die können ja nur laut sein, sonst nichts!"

Doch auf einmal hörten alle Vögel ganz genau zu! Aber wirklich alle! Denn der sonst so wilde und laute Spatzenchor wurde plötzlich ganz leise. Er wurde so leise, wie man

ihn noch nie gehört hatte! Und
dann begann eine wunderschöne
Stimme zu tirilieren und zu
jubilieren. Sie sang so schön, daß
alle Vögel mucksmäuschenstill
waren!
Schon sang der Spatzenchor wieder
mit.
Dann wieder die schöne Stimme
alleine.
Und als Chor und Stimme
schließlich gemeinsam sangen,
da klang es so wunderschön,
wie es die anderen Vögel bisher
noch nie gehört hatten!
Der Beifall am Schluß war
so groß, daß der Starenchor,
der als nächster singen wollte,

lange warten mußte, ehe er
anfangen konnte.
Als auch die Zaunkönige ihr Lied
beendet hatten, rief der Kuckuck
ganz laut, wer Sieger war.
Ihr könnt euch sicher denken, wer
das war. Ganz klar: diesmal waren
es die Spatzen!
Zwar pfiffen einige Vögel: „Das gilt
nicht! Die Spatzen haben einen
mit gelben Federn im Chor!"
Die meisten aber riefen: „Es
kommt beim Singen doch nicht
auf die Farbe an, sondern auf die
Stimme!"
Schließlich meinte der Kuckuck:
„Hansi lebt mit den Spatzen,
er futtert mit den Spatzen – da darf

er wohl auch mit ihnen singen!
Zum Kuckuck noch mal!"
Frau Trillerpfeife war ganz gerührt.
Sie drückte Hansi an ihre
Brustfedern und konnte vor
Aufregung nicht einmal mehr
„piep" machen.

Und die Spatzenkinder tschilpten so laut, daß die Vögel ihr eigenes Zwitschern nicht mehr verstehen konnten!
GELBER SPATZ MIT CHOR WIRD SIEGER! konnte man am nächsten Morgen in der Zeitung lesen.

Seit diesem Tag wunderte sich keiner mehr in der Stadt, wenn in einem Spatzenschwarm einer mit gelben Federn flog.
Nur fremde Vögel, die zu Besuch kamen, staunten und fragten: „Was ist das für ein seltsamer Vogel, der da mit euren Spatzen fliegt?"

Dann sagten die Vogelkinder zu ihrem Besuch: „Ach, das ist doch Hansi, unser gelber Spatz.
Ein gelber Spatz in unserer Stadt, das ist doch ganz normal!"